Palabras que debemos aprender antes de leer

antojaba

caprichos

dondequiera

gigante

saludable

suplicó

tienda

vergüenza

www.rourkepublishing.com

Edición: Luana K. Mitten
Ilustración: Bob Reese
Composición y dirección de arte: Renee Brady
Traducción: Yanitzia Canetti
Adaptación, edición y producción de la versión en español de Cambridge BrickHouse, Inc.

ISBN 978-1-61810-534-9 (Soft cover - Spanish)

Rourke Publishing
Printed in the United States of America,
North Mankato, Minnesota

www.rourkepublishing.com - rourke@rourkepublishing.com
Post Office Box 643328 Vero Beach, Florida 32964

¡Pero yo lo quiero!

Holly Karapetkova
ilustrado por Bob Reese

Lombricita quería muchas cosas. Dondequiera que iba, ¡se antojaba de TODO!

GRANDES REBAJAS
¡Necesito SUPER LOMBRICES de juguete!
SUPER LOMBRIZ
SUPER LOMBRIZ

Cuando Lombricita vio la bellota gigante de Pájaro, gritó: —¡YO QUIERO una bellota gigante también!

—¿Qué harías con una bellota gigante? No la necesitas —le dijo Mamá Lombriz.

Cuando el padre de Lombricita la llevó al parque, ella suplicó por un barquillo de helado.

—No —dijo Papá Lombriz—. No necesitas un helado antes de la cena.

HELADOS

—¡PERO YO QUIERO UNO!
—gritó Lombricita.

Papá Lombriz sintió vergüenza.

Esa noche, Mamá y Papá Lombriz hablaron con Lombricita.

—Las cosas necesarias son aquellas que te hacen falta para vivir y estar saludable —dijo Papá.

¿Ah, cosas como alimentos y ropa?

—Así es —dijo Papá—. No necesitas comida chatarra ni juguetes. Esos son caprichos.

—Te daremos lo que tú necesites —dijo Mamá—. Pero deja de antojarte de cosas que no te hacen falta.

Pocos días después, Lombricita fue a la tienda con su mamá.

—¡Mira, Mamá! —dijo—. ¡Es la nueva película de Super Lombriz!

LA SUPER REBAJA
-Libros y películas-

Entonces Lombricita se detuvo y pensó por un momento: —Yo no necesito eso —dijo.

Mamá Lombriz sonrió.

PER
OMBRIZ
SUPER WORM

Actividades después de la lectura

El cuento y tú...

¿Cómo crees que se sentían Mamá y Papá Lombriz cuando Lombricita se antojaba de cosas?

¿Qué lección aprendió Lombricita en este cuento?

¿Puedes pensar en algo que tú querías pero no te hacía falta?

Palabras que aprendiste...

En una hoja de papel, escribe oraciones con cada una de las palabras que aprendiste hoy.

antojaba	saludable
caprichos	suplicó
dondequiera	tienda
gigante	vergüenza

Podrías... crear una lista de las cosas que quieres y otra de las que necesitas.

- Divide una hoja de papel por la mitad.
- Es una mitad escribe ***Quiero.*** En la otra mitad escribe ***Necesito.***
- Debajo de ***Quiero***, haz una lista de todas las cosas que tú ***quieres*** tener.
- Debajo de ***Necesito***, haz una lista de todas las cosas que tú ***necesitas*** realmente.
- ¿Hay algo que puede estar en ambas listas?

Acerca de la autora

Holly Karapetkova vive en Virginia con su familia y sus dos perros. Le gusta hacer largas caminatas por el parque para pensar en las cosas que quiere y en las que necesita, y le encanta escribir libros para niños.

Acerca del ilustrador

Bob Reese comenzó su carrera en el arte a los 17 años, trabajando para Walt Disney. Entre sus proyectos están la animación de las películas *Sleeping Beauty, The Sword and the Stone* y *Paul Bunyan.* Trabajó además para Bob Clampett y Hanna Barbera Studios. Reside en Utah y disfruta pasar tiempo con sus dos hijas, sus cinco nietos y un gato llamado Venus.